LE DISILLUSE

Fiaba per Marionette, in un atto.

Roberto Bracco

PERSONAGGI DELLA FIABA:

Fleno, ex re di Zano.

Arunto, candidato al trono di Zano.

Clea, conduttrice delle Disilluse e Disillusa anch'ella.

Le Fanciulle disilluse.

I Giovanotti.

Cori di voci misteriose.

Epoca, a piacere. — L'azione non si svolge in nessuna parte del mondo, ma, viceversa, poi, si svolge un po' dovunque.

PROLOGHETTO DE «LE DISILLUSE».

Il Direttore di scena

(a sipario calato, esce dalle quinte e, con una certa emozione, si rivolge al pubblico.)

Per voi, piccol gran pubblico, per voi, «mondo dorato»,

Roberto Bracco e Mario Costa hanno improvvisato

una celia che abbonda di note e di parole,

uno spettacolino riboccante di fole.

Come il burattinaio, dinanzi ai bimbi attenti,

fa muovere i fantocci, prestando lor gli accenti

d'un estro infantilmente disinvolto, così

i nostri cari autori han fatto lì per lì,

accogliendo l'invito di questa Direzione

che non chiedeva fiabe, ma un gioco da salone,

con un profumo d'arte, per uso delle dame

e delle damigelle. Quasi foste uno sciame

di scolarette a spasso, sotto il pretesto della

estemporaneità, ecco la marachella

d'ammannirvi, in istrofe fanciullesche e neglette,

le vicende fantastiche di certe marionette.

E il peggio è che si allude a cose che sul serio

vi seccano, benchè... vecchie come il salterio:

l' amore delle donne, le donne nell'amore.

le signorine ansiose di diventar signore,

i falsi voti avversi alla maschilità,

sognata da ogni donna, qual meta e qual metà....

Insomma, io penso e dico che i due burattinai,

facendo questa burla, sono maligni assai,

e che il trattar da bimbi persone come voi,

per ingannarle prima, per punzecchiarle poi,

è... un atto che, anche in musica, non merita clemenza.

Ed io, che, in qualità di régisseur, ma senza

aver nessuna colpa, mi trovo qui, sul banco,

per dir così, dei rei, vo' almeno parlar franco

e protestare contro Roberto Bracco e Mario

Costa, pria che davanti a voi s'alzi il sipario.

Per quel poco che c'entro in queste «Disilluse»,

mie dame e damigelle, io v'offro le mie scuse.

Ed un consiglio v'offro per... gl'improvvisatori.

Applauditeli all'ultimo, ma, appena vengon fuori,

lasciando cader pigre le manine guantate,

aprite le boccucce gentili e... sbadigliate.

(via)

ATTO UNICO.

Le mariage est de toutes les choses sérieuses

la chose la plus bouffonne.

Beaumarchais.

Una campagna incolta, ricca di fiori e di verzura. In fondo, si eleva una siepe di cespugli folti. A destra e a manca, sentieruoli erti e serpeggianti. — Tra l'edera, il muschio e le felci, la porticina d'un tugurio. Sopra la porticina, un largo buco a mo' di finestrella. Qua e là, rovi, ciuffi d'erbe selvatiche, tronchi d'alberi spezzati. Il cielo è azzurro. Nell'aria si diffonde una luce strana, lievissimamente rosea, con sfumature giallognole: è un'aria ingombra di vapori leggeri e leggermente colorati, la quale dà alla scena campestre un carattere fantastico. Si vede scintillare, lontano lontano, in alto, dove sono più densi i vapori, il dorato «Castello della fantasia».

(Alzatasi la tela, la scena è vuota. — Si sente il canto delle Disilluse portato dal vento. — Le parole, per fortuna dell'autore, quasi non si odono.)

Le Fanciulle, tra cui Clea

(di dentro)

È l'alma affranta,

è vuoto il core,

la vita è infranta,

il mondo muore.

Qui di luce mesti incanti

noi viviamo circonfuse...,

La natura par che canti:

«Disilluse! disilluse!...»

(Circondate d'una luminosa aureola, le Fanciulle, dagli abiti semplici, gentili, vaporosi e tinti di colori pallidi, dai capelli sciolti, ornati di fiori delicati, e dagli atteggiamenti di persone dolci, languide, annoiate e sospirose, si avanzano a poco a poco. — Clea è la loro conduttrice.)

Venticello innamorato,

che d'intorno a noi ti aggiri,

che ci avvolgi di sospiri

 e ci assedi da ogni lato,

sappi ben che ci ami invano.

 L'amor nostro è morto a Zano!

Venticello vagabondo,

tu che vedi, tu che senti

tutti i nostri patimenti,

 va laggiù, va a dire al mondo

che noi... gli uomini aboliamo...

Non amiamo, non amiamo!

(Si ode un lungo e dolce sbadiglio.)

Siam fanciulle... sbadiglianti...

d'aria e luce circonfuse....

La natura par che canti:

«Disilluse, disilluse....»

(Continuano a cantare tutte, meno Clea, alla quale esse si rivolgono.)

Ma un ricordo di note soavi

d'altri tempi si va risvegliando.

Se tu, Clea, quelle note cantavi,

ogni illusa cantava, sperando.

Nel tuo core, bellissima Clea,

ravvivava quel canto la fè.

Ti chiamavan di Zano la dea:

la canzone era fatta per te.

Deh! ripeti la canzone

della spenta illusione.

Clea

Il passato evocherò!

Le Fanciulle

Canta, canta...

Clea

Canterò.

«Sei nata nel giardino d'una fata

«che fuga col suo fascino il dolore.

«Al sol de' suo' begli occhi tu sei nata,

«giglio gentile, giglio incantatore.

«Sarà fecondo di pace infinita

«il lieto tuo fatidico candore.

«Eternamente amata, la tua vita

«sarà un connubio di pace e d'amore.»

Canzone menzognera!

Chi m'ama?... Chi mi amò?...

Dov'è la pace vera?

È pace questa?... No.

E un'altra strofa, l'ultima,

io voglio ricordar.

Mentiva pure! Uditela,

uditela cantar:

«Sarai fanciulla bella innamorata

«d'un altro come te leggiadro fiore,

«sbocciato nel giardin della tua fata

«che fuga col suo fascino il dolore.»

(Si abbandona sopra un sasso, presso il tugurio del romito, e vinta dalla noia, si assopisce.)

Le Fanciulle

(dopo la breve estasi di sollievo, ricascano nel triste languore.)

È l'alma affranta,

è vuoto il cuore,

la vita è infranta,

il mondo muore.

(Lentamente e mollemente, quasi mosse dal venticello, le Fanciulle a poco a poco si allontanano e spariscono.)

Siam fanciulle... sbadiglianti...

d'aria e luce circonfuse....

La natura par che canti:

«Disilluse! disilluse!...»

Clea

(resta addormentata sul sasso.)

Fleno

(avvolto nel suo nero mantello, la testa quasi tutta nascosta nel cappuccio, la gran barba bianca fluente sul petto, esce dal tugurio. Vedendo Clea, mormora:)

La conduttrice delle Disilluse dorme il sonno della noia.... Gesticola.... Sta sognando....

Clea

(in una specie di sonnambulismo, fa con la mano come se discacciasse un'ape.)

Ape molesta

va via di qua.

Fleno

Dorme e par desta.

Clea

Ah! se ne va.

Fleno

La bionda mesta

sognando sta.

Clea

(ricomincia a gesticolare, discacciando l'ape.)

Di nuovo qui giunge....

e torna su me.

Quest'ape mi punge,

mi punge.... Perchè?

Fleno

(le si accosta, per liberarla dall'insetto importuno.)

D'un'ape ella parla

e l'ape non c'è.

Ma, intanto, sognarla!...

Sognarla!... Perchè?

(Vedendo che ella si desta.)

Si sveglia.... Si sveglia....

Clea

(aprendo gli occhi.)

Sei tu!

Fleno

Sì....

Clea

Che fai?

Fleno

Chi dorme... e chi veglia....

Clea

M'hai punta?...

Fleno

No!... Mai!

Non c'era l'ape; nemmen c'ero io.

Chi ti pungeva davver non so.

.... Pungeva forse qualche desio

che viene in sogno... ma in veglia no.

Clea

Non indagare nel sogno mio....

Chi mi pungeva davver non so.

Pungeva forse qualche desio

che viene in sogno... ma in veglia no.

(andandosene)

A rivederci.... Buon vecchio, addio!

Le Disilluse raggiunger vo'....

Fleno

(con insinuante furberia)

A rivederci... Pensa al desio....

che punge in sogno, ma in veglia no.

Clea

(va via.)

Fleno

(seguendo con lo sguardo Clea, e scotendo la testa:)

Va a raggiungere le Disilluse!... Ingenue! La loro disillusione è la più grande delle illusioni! Esse credono d'aver sofferto assai, appunto perchè non sanno che cosa sia soffrire. Se avessero provata una sola delle sventure toccate a me!...

(Rivolgendosi al pubblico)

Io sono l'ex re di Zano: un regno senza impicci, un regno piccolo piccolo, un regno tascabile.... Ed io, infatti, avevo in tasca il mio regno e i miei sudditi; — ma ora sono essi che hanno in tasca me! Ah! Quando ricordo il giorno della rivolta, mi rivengono i brividi! Che batoste, e che paura!... Io me la svignai travestito da vecchio; e in questa.... vecchiezza continuo a nascondermi, perchè *(accennando, col gesto, alle probabili busse)* la prudenza non è mai troppa!...

Quel giorno, che catastrofe!

Ed io, mutando viso

per non morire ucciso,

fuggii... Fuggii sin qui!

Romito, in un tugurio

sinistramente muto,

al regno che ho perduto

penso la notte e il dì.

Ah! come le memorie

mi danzano d'intorno

e tornano ogni giorno

a dir: «tu fosti re!»

Mi pesa questa maschera

d'umile vecchio inetto,

ribellasi nel petto

il giovanile ardor.

Son di me stesso, misero,

la tetra sepoltura....

Son morto addirittura...

ahimè!, vivendo ancor.

E le memorie danzano

intorno a questo morto,

che non è ancor risorto...

che morto ancor non è.

(Rattristato, rientra nel suo tugurio, e si rincantuccia sotto l'arco della porta.)

Voci misteriose

 Avanti, Arunto,

non ti stancar.

Se non se' giunto,

non ti fermar.

La terra è immensa....

Sembra piccina....

Cammina e pensa,

pensa e cammina.

(Arunto comparisce nel suo abito smagliante, con in mano una borsetta da viaggio, e le voci misteriose continuano:)

Coraggio, Arunto,

non disperar.

Se non se' giunto

non ti fermar.

Per chi dispera

tutto è rovina.

Cammina e spera,

spera e cammina!

Arunto

(stanco, scoraggiato, guardandosi attorno)

Cessate, o voci arcane! Ahimè, dal petto

ogni speranza già fuggir mi sento.

A interrogare il cielo io sono intento,

ma un lieto auspicio inutilmente aspetto.

O tu, di gloria bel sogno dolcissimo,

vanisci a poco a poco:

e dell'antica mia perduta audacia

ora il ritorno invoco.

Misteriosi e lieti m'accompagnano,

nel mio cammin fatale, questi canti;

e i monti, i fiumi, gli alberi mi dicono:

«Coraggio Arunto! Avanti, avanti, avanti!»

Ma tu, di gloria mio sogno dolcissimo,

vanisci a poco a poco;

e invano della mia perduta audacia

ora il ritorno invoco.

Fleno

(scotendosi)

La pace sia con te!

Arunto

(accorgendosi del romito)

Oh! Credevo d'essere solo.

Fleno

E sei solo, difatti.

Arunto

E tu?

Fleno

Io mi chiamo: Nessuno!

Arunto

Chi t'ha dato questo nome?

Fleno

La sventura.

Arunto

Poveretto!

Fleno

Anche tu mi sembri una persona non molto allegra. Devi avere più d'un diavolo per capello.... Che vuoi? Dove vai? Donde vieni? Chi sei?

Arunto

Io sono Arunto. Vengo da Zano....

Fleno

(sussulta.)

Arunto

Vado... non so dove. E voglio... undici fanciulle. Non ti sorprendere.... L'impresa mia è più nobile di quanto, per avventura, tu immagini. Il popolo di Zano mi ha incaricato di ricondurre in patria le undici fanciulle, le più belle del regno, che, disilluse della vita, volarono via, emigrando dalla terra nativa.

Fleno

(con ansia repressa)

Ah? Il popolo di Zano ti ha dato codesto incarico? E raccontami, raccontami: che si fa laggiù? Come se la passano quei bravi rivoltosi?

Arunto

Rivoltosi! E come sai...?

Fleno

(confondendosi un po')

.... Qualche volta il vento pettegolo viene a susurrarmi all'orecchio le notizie dei paesi lontani.... *(Tra sè)* Che sia un mandatario dei miei nemici? *(Ad Arunto, con dissimulazione)* Non conosco Zano che di nome. È un vasto regno?

Arunto

Non se ne vedono i confini.... C'è sempre la nebbia.

Fleno

E che fanno i partiti politici?

Arunto

Ognuno fa quello che l'altro non fa.

Fleno

E chi siederà sul trono?

Arunto

Chi lo porterà sulle spalle.

Fleno

Parli come una sibilla. Non vuoi dirmi la verità?

Arunto

(con prudenza)

Per ora il popolo non chiede che le fanciulle fuggitive. Un re c'è sempre tempo di eleggerlo o di fabbricarlo. Ma la bellezza di undici fanciulle non si fabbrica e non si elegge.

Fleno

Ti preme molto il trovarle?

Arunto

Non lo vedi? Passo di paese in paese, m'inoltro in terre sconosciute, non riposo mai.... *(Desolato)* E non le trovo!...

Fleno

Sono undici, hai detto? Sono belle? Sono disilluse della vita? Ebbene, tu non sei lontano da loro.

Arunto

(con viva gioia)

Che!?

Fleno

Vedi tu quell'aureo castello che scintilla nell'atmosfera vaporosa?

Arunto

Lo vedo.

Fleno

È la dimora delle Disilluse: è il castello della Fantasia. Quando qui giunsero volando sulle ali della disillusione, si posarono lassù. Costruirono un nido di raggi di sole, e il nido, forte della invulnerabile castità delle candide abitatrici, fu ben presto solido e inespugnabile come una rocca e prezioso come un immenso ninnolo d'oro. In quel castello, che la loro immaginazione ha creato, esse, le candide abitatrici, vivono d'aria, di luce e di malinconia; e, tutte assorte nella loro profonda disillusione, menano una vita dolcissima... e si annoiano mortalmente.

Arunto

(giubilante) Io so tutto ciò che mi basta.... Vado, corro subito.... Mi getterò subito ai loro piedi....

Fleno

Non tanta foga, giovanotto mio! Sulla porta di quel castello è scritto: Abbasso gli uomini! Piuttosto, io ti consiglierei di aspettare qui. Spesso dal loro nido vengono fuori, e volano, volano, girovagando tra i ruscelli, gli alberi, i fiori, e spesso qui si fermano riempiendo l'aria dei lor lai melodiosi.

Arunto

Benissimo! Benissimo!

Fleno

Non tanta foga, giovanotto mio! Hai da sapere ch'esse fuggono e riparano nel loro castello al solo sospetto di un giovine viso maschile. E sarebbero anche capaci di dileguarsi se il giovine viso maschile si ostinasse a seguirle.

Arunto

Dileguarsi? Come se fossero nuvole?!

Fleno

Difatti, talvolta i loro occhi lampeggiano..., tal altra si sciolgono in pioggia... di lagrime.

Arunto

(di nuovo consolato)

Sicchè, è inutile aspettarle, è inutile sperare.... Ma tu, le conosci?

Fleno

Sì, a me queste farfalle latitanti concedono qualche minuto della loro presenza e della loro conversazione, perchè io, capisci?, essendo vecchio decrepito, non arreco loro spavento.... Anzi, ispiro fiducia....

Arunto

(tra sè)

La chiama fiducia, lui. *(A Fleno)* Ah! buon vecchio, se potessi afferrarle, se potessi parlare con loro!...

Fleno

Lo potrai fra una sessantina d'anni, cioè quando sarai vecchio come me.

Arunto

(disperandosi)

Ah, perchè mia madre non mi ha fatto nascere sessant'anni prima?!

Fleno

(commosso) Senti.... Io ho il mezzo di farti diventar vecchio....

Arunto

In che modo?

Fleno

Non m'interrogare, e non indagare. Io entrerò nel mio tugurio. E, dall'alto di quel finestrino, ti porgerò la mia Vecchiezza. Bada però: dopo sbrigata la bisogna, tu, di nascosto, la mia Vecchiezza mi renderai. Io, intanto, per sottrarmi a ogni ricerca... — so quel che dico — ... chiuderò a chiave la porta del tugurio.

Arunto

 (con effusione)

Oh! grazie! grazie! Tu sei il mio salvatore! Grazie!

Fleno

Aspetta. *(Entra nel tugurio, chiude a chiave la porta, e, dopo qualche istante, ricompare dietro il finestrino col viso di giovane. Allungando un braccio, fa penzolare la finta barba bianca. E, poichè Arunto ha lo sguardo rivolto dalla parte opposta, egli, Fleno, lo chiama:)* Ehi!... pss! pss!...

Arunto

(si volta, si avvicina con meraviglia; e poi, quando Fleno gli consegna la barba, egli se l'appiccica alla faccia, assumendo la fisonomia di Fleno.)

Fleno

Ecco la barba della Vecchiezza

che cangia il viso, ma non l'età.

Con questa barba la Giovinezza

piglia un aspetto d'innocuità.

Arunto

(mettendosi la barba)

Di sotto il pelo bianco

io giovine sarò,

chè nulla ho in me di stanco

e vecchio il cor non ho.

Fleno

(*dal finestrino, porgendo ad Arunto prima il mantello nero, poi il suo lungo bastone.*)

Ecco il mantello della Vecchiezza

che cela l'uomo dal capo a piè;

ecco il bastone della stanchezza

di chi nel cuore vecchio non è.

Arunto

(*mettendosi il mantello*)

Sotto il mantello nero

io mi nasconderò

e sempre quello che ero

e quel che son sarò.

Fleno

T'ho dato, credimi,

tutto me stesso....

Arunto

Te ne ringrazio!

Parla sommesso....

Fleno

D'essere innocuo

per poco io cesso.

Arunto

Vecchio decrepito

io sono adesso!

Arunto

(tra sè)

Di sotto il pelo bianco

io giovine sarò,

chè nulla ho in me di stanco

e vecchio il cor non ho.

Fleno

(tra sè)

Che l'apparenza inganni,

è antica verità.

Ed egli, ne' miei panni,

le ingenue ingannerà.

Arunto

(si mette a sedere, tutto raggomitolato, presso il tugurio, fingendo d'essere Fleno.)

Le Fanciulle

(di dentro)

È l'alma affranta,

è vuoto il cuore,

la vita è infranta,

il mondo muore.

(Si avanzano con la solita lentezza, nel solito atteggiamento di languore.)

Voci misteriose

Coraggio, Arunto,

non disperare.

Se non sei giunto

non ti fermare.

Per chi dispera

tutto è rovina!

Cammina e spera,

spera e cammina.

Arunto

(sentendo il canto delle Disilluse e vedendole venire)

Ah! eccole.... *(Dopo una pausa, parla alle Fanciulle, imitando la voce di Fleno)* La pace sia con voi!

Clea

Grazie, buon vecchio. La pace è con noi.

Arunto

(tra sè, guardandola di sottecchi)

Che splendida creatura!

Clea

Mi sembri inquieto. Che fai?

Arunto

La figura di uno stranissimo mago m'è apparsa or ora. M'ha parlato di voi, ed è sparito.

Clea

(mal frenando la curiosità)

E che t'ha detto?

Arunto

M'ha data questa borsa *(mostrandola)*, dicendo che contiene dei doni per tutte voi. E io gli ho promesso di consegnarveli: non ho saputo dir di no....

Clea

Dei doni!...

Le altre Fanciulle

Dei doni!...

Clea e le Fanciulle

E che saranno? Che saranno?...

Arunto

Chi sa! A vederli, sono degli involtini eleganti.... Conterranno qualche... qualche gingillo, qualche sorpresa. Potrebbero essere dei pegni d'affetto, per esempio, come quelli che si offrono... in occasione delle promesse di nozze....

Clea e le Fanciulle

(tumultuando)

Nozze?!... Mai! Mai! Mai!

Arunto

Non vi spaventate.... Ho voluto sperimentarvi. Il mago m'ha detto... che soltanto le fanciulle irremovibili nel loro proposito sarebbero degne del suo dono. Sicchè, ora che sono sicuro delle vostre intenzioni, posso adempiere il mio compito.

Clea e le Fanciulle

(ansiose)

Date... date qua... date qua... date qua....

Arunto

(aprendo la borsa, tra sè)

Alla mia divina interlocutrice non glielo do, perchè a lei spero di provvedere... personalmente. (Rivolgendosi alle Fanciulle e distribuendo gl'involti) A voi.... A voi.... A voi.... A voi.... A voi....

Clea

(quando è finita la distribuzione, è assai scontenta di non aver ricevuto niente, e resta imbronciata, quasi con le lagrime.)

Arunto

(osserva e finge) Oh! Ne ho perduto uno!... (A Clea) Sono dolentissimo, ma....

Le Fanciulle

(dopo avere disfatto l'involtino, guardano con meraviglia e con gioia mal celata ciò che vi hanno trovato dentro: cioè un ritratto e una lettera.) (Esclamano:) Un ritratto! *(Poi, entusiasmandosi)* Il ritratto d'un giovane!...

Arunto

E lì..., che cos'è scritto? Leggete!

Le Fanciulle

(con crescente entusiasmo) Una lettera!... *(L'aprono e leggono:)*

«Io vi scrivo, damigella,

per offrirvi la mia mano.

So che siete tanto bella,

ch'io son ricco è noto; ma....

se un pochino non m'invita

il cuor vostro, tutto è vano,

che non bastano alla vita

di due sposi oro e beltà.

(Il loro volto s'irradia. Esse, commosse, leggono e rileggono la lettera, guardano il ritratto e si guardano tra loro con un misto di riluttanza e di contentezza.)

Arunto

(notando il loro mutamento, tra sè) Lo dicevo io!... Il mezzo è sicuro! *(Alle fanciulle, con circospezione)* E se vi dicessi che a ognuno di questi ritratti corrisponde un originale e a ognuna di queste lettere un po' di vero amore, fareste il sagrifizio di... rimpa...tria... re?

Le Fanciulle

(con ostentazione) Eh.... Per non essere troppo sgarbate....

Clea

(non potendone più) E a me?

Arunto

(tra sè) Ora posso rivelarmi, che esse, in fede mia, non si dilegueranno. *(A Clea, lasciando cadere di dosso il mantello e buttando via la barba)* La mia lettera è scritta qui *(indica il suo cuore)* e il mio ritratto è questo, *(indica il suo viso)*.

Clea

(sussultando di giubilo) Come?! Tu non sei il vecchio romito?....

Le Fanciulle

Ooooh!...

Arunto

Arunto mi chiamo!

Le Fanciulle

(in un sommesso mormorio, fanno l'eco:) Amo... amo... amo.... *(Indi, contemplando il ritratto e la lettera che hanno tra le mani, si fermano qua e là, formando gruppi pittoreschi.)*

Arunto

(con dolcezza, a Clea)

Solo vincere e regnare

vagheggiai con voluttà:

eran le speranze care

della mia ingenuità.

Non fui mai corteggiatore

delle donne. Sai perchè?

Non mai vidi lo splendore

che rifulger vedo in te!

Clea

Solo vivere d'oblio

vagheggiai con voluttà.

Dissi al povero cor mio:

fuggi il mondo, fuggi, va.

Dell'amore io diffidai....

Ne ignoravo le virtù,

chè nessun mi parlò mai

come adesso parli tu.

Arunto

(con passione)

Io, guardandoti gli occhioni,

vedo aprire un usciolino:

il mio amore, ginocchioni,

vuole entrarci, ma... prestino.

Clea

(con dolcezza)

Entri pure questo amore:

l'usciolin s'apre per lui.

Entri e resti finchè muore....

Non son più quella che fui!

Clea e Arunto

(abbracciandosi)

Di rinascere mi pare,

ma... non come nacqui un dì.

Io rinasco per amare

come nasce il colibrì.

Esso al nido sa portare

miele e amore: zuì zuì zuì....

Di rinascere mi pare,

ma... non come nacqui un dì.

Le Fanciulle

(intanto, continuano a contemplare il ritratto e a rileggere la lettera.)

«Io vi scrivo, damigella,

per offrirvi la mia mano.

So che siete tanto bella,

ch'io son ricco è noto; ma....

se un pochino non m'invita

il cuor vostro, tutto è vano,

chè non bastano alla vita

di due sposi oro e beltà.»

(Ognuna da sè, con ostentata ingenuità)

Offrire la mano?

Che mai vorrà dire?

O Dio! Com'è strano!...

Mi par d'arrossire!

Clea e Arunto

(l'una accanto all'altro, in estasi)

Mi sento l'anima

da un'anima ghermire,

ed ecco stringonsi

insiem come due spire.

A un filo magico,

ch'è un raggio dell'Eliso,

legate, volano

del cielo nel sorriso.

Fleno

(che sporge la testa dal finestrino, senza essere veduto, borbotta:)

Cos'è cotesto affare?!

Si sono intesi già?

Si tratta... di volare!

A vele gonfie ei va.

Ed io, che, senza vela,

più navigar non so,

qui reggo la candela....

Un bell'ufficio fo!

Le Fanciulle

(affollandosi e facendo ressa intorno ad Arunto lo interrogano in tono lamentevole.)

O cavaliere amabile,

voi di lusinghe e speme

venite apportatore.

Or diteci, di grazia,

quello che più ci preme:

(mostrando il ritratto)

 dov'è questo signore?

 Noi ne vediam l'immagine...!

L'immagine è gentile;

ma l'uom chi ce lo dà?

Noi ne leggiam la lettera,

che è scritta in bello stile;

ma il resto... dove sta?

Arunto

(tra sè, maliziosamente)

Che fretta, caspita!

Ho ben capito:

lo voglion subito

questo marito.

Che sian confuse

a me non pare....

Le disilluse

si dan da fare.

Il gran proposito

è già sfumato,

pensando al giovine

innamorato.

Son d'una pasta

queste figliole!

A lor non basta...

di restar sole!

(Rivolgendosi alle Fanciulle per tranquillarle)

Rassicuratevi,

fanciulle mie.

Altro che storie

e fantasie!....

Se l'impazienza

frenate un po'

dandomi udienza,

vi spiegherò.

(Se le chiama attorno, e mentre esse sono tutte intente a udirlo, egli spiega l'enigma:)

Di queste immagini

ogni fanciulla

può far degli «uomini»

o... non far nulla.

Sono ritratti

d'uomini veri,

un poco matti

sì, ma sinceri.

Sposano ed amano

sinceramente,

ognun dicendovi

quello che sente.

Ma se per poco

voi diffidate,

vi spegne il foco....

Ahimè! badate.

Le Fanciulle

(si mostrano vivamente emozionate e parlano tra loro con molto fervore.)

— Da queste immagini

possono uscire

proprio degli uomini?!

— C'è da impazzire!

— Sono ritratti

d'uomini veri?!

— Vedrem dai fatti

se son sinceri.

— Sposano ed amano

sinceramente?!

— Fidare e credere

  non è prudente.

— Ma se per poco

  noi diffidiamo,

   si spegne il foco....

— No! no! Badiamo!

Arunto

(continuando a spiegare l'enigma.)

Di queste immagini

mi son munito,

chè dentro ascondono

un bel marito.

Se dunque amate

intensamente,

voi conquistate

l'uomo latente.

Tutti i miracoli

può far l'amore,

che è già un fenomeno

superiore.

Ogni ritratto

diventerà

un uomo adatto....

che sposerà.

Fleno

(tra sè)

Ma che fa? Le piglia in giro?

È un burlone, o è un fakiro?

Le Fanciulle

(raggianti, ma ancora un po' dubbiose, restano mute, perplesse.)

Arunto

Ebben, su, che risolvete?

Siete, alfine, innamorate?

Le Fanciulle

(*pudibonde*)

Cavaliere, via, tacete!

Perchè ci mortificate?

Arunto

(*in tono canzonatorio*)

Dite di no?

Le Fanciulle

(*abbassano gli occhi e non rispondono.*)

(*Pausa.*)

Arunto

(*piegando le braccia*)

Aspetterò.

(*Pausa.*)

Dite di sì?

Le Fanciulle

(*irrefrenabilmente prorompono*)

Sì, sì, sì, sì!...

Arunto

Ah! finalmente!

Ed ora attente,

attente a me.

(Raccoglie dalle loro mani i ritratti e, con la solennità d'un ispirato, li lascia cadere a uno a uno dietro la siepe. Quindi, con gravità e mistero, che stuzzica sempre più la curiosità non disinteressata delle ragazze, aspetta il risultato del suo audace incantesimo, dicendo:)

Uno!... due!... tre!

(Al «tre», dietro la siepe compariscono, scattando su come fantocci da una scatola, tanti giovanotti, belli e luminosamente vestiti, quanti ritratti Arunto ha seminati; ed egli, con un gesto trionfale, esclama:)

Chiedeste uomini?

Eccoli qua!

Le Fanciulle

(pazze di gioia, corrono ognuna presso il rispettivo fidanzato.)

Oh, l'ineffabile

felicità!...

I Giovanotti

(amorosamente, parlano, ognuno alla propria sposina.)

Io ti ho scritto, damigella,

per offrirti la mia mano.

Lo sapevo che sei bella;

ch'io son ricco è noto; ma,...

Le Fanciulle

È il mio core che t'invita.

T'ho chiamato da lontano....

Già di te m'ero invaghita.

Dove? Quando? Chi lo sa!

Arunto

(alle Fanciulle)

Sicchè voi ritornate a Zano con me?

Le Fanciulle

(vociferando)

Ritorniamo! Ritorniamo!

Arunto

Io metto ai vostri piedi la mia riconoscenza. Ora che la mia impresa è riuscita posso dirvene la ragione e posso dirvi quanto vi debbo.

Fleno

(che, senza esser visto, non ha mai cessato di far capolino dal buco del suo tugurio, sporge ora un poco più il capo per meglio udire, e mormora:)

Finalmente capirò anch'io qualche cosa.

Arunto

(alle Fanciulle)

Quando voi, disilluse, fuggiste da Zano, quel popolo aveva discacciato dal trono il re Fleno... e aveva fatto benissimo!

Fleno

(offeso, tra sè:)

Oh! questo poi!

Arunto

Un pessimo arnese, senza carattere, senza energia, senza intelligenza...

Le Fanciulle

È vero! È vero!

Fleno

(tra sè:)

Cortesissime!

Arunto

Ebbene, io mi presentai candidato al trono. Promisi mari e monti, e spesi un fiume... di quattrini, ma non conchiusi nulla. Senonchè, il popolo di Zano mi fece sapere ch'esso concederebbe il trono a chi ritrovasse e riconducesse nel regno le Fanciulle disilluse. Accettai il patto, compresi che la disillusione, con la relativa fuga, non poteva avere avuto altra causa che la mancanza di quel prezioso gingillo che si chiama marito; e quindi, provvedutomi di questo articolo in effigie e in epistola, impresi il viaggio e... il resto lo sapete.

Ogni miracolo

può far l'amore,

che è già un fenomeno

superiore.

L'amore, quando è verace, dà corpo alle ombre, fa d'un ritratto un uomo, fa di un nulla un marito....

Fleno

(tra sè:)

... e di un marito un nulla!

Arunto

E, difatti, sotto la pioggia del vostro amore, i mariti vi sono spuntati dinanzi... come i funghi. In conclusione, io vi condurrò a Zano, avrò il premio, sarò acclamato re, e, per regalo di nozze, offrirò alla mia sposa, una corona... di Regina.

Giovanotti e Fanciulle

Sia gloria ad Arunto, il futuro re di Zano!

Fleno

(uscendo, modestamente, dal tugurio)

Domando la parola per un fatto personale.

Giovanotti e Fanciulle

Chi è? Chi è?...

Fleno

(alle Fanciulle)

Non mi riconoscete, eh? Il vostro amico, il vostro vicino, il vostro povero romito.... Signorine mie, avete creduto per tanto tempo alla mia Vecchiezza: ma essa era falsa, come la vostra Disillusione.

Le Fanciulle

E allora, chi eravate? Chi siete?

Fleno

Io ero e sono... Fleno, il re discacciato da Zano.

(Sorpresa generale.)

Una delle Fanciulle

Sì... ora mi rammento di avervi visto una volta in funzione. Fu il giorno in cui cadeste da cavallo.

Fleno

Oh, non mi parlate di quel cavallo!... Era un asino!

Arunto

... Mi scuserai se t'ho fatto un po' di critica.... Vuoi che io rettifichi?

Fleno

Non rettificare, ma permettimi invece di fare appello alla tua coscienza. Prestandoti la mia Vecchiezza, t'ho dato modo di guadagnare un regno e una donna, che vale più del regno. Vuoi essere riconoscente? Tieniti la donna e cedi il regno a me. A quanto ho sentito, chiunque ricondurrà queste fanciulle a Zano avrà in premio il trono rimasto vuoto. Lascia che riconduca io le belle fuggitive in patria. Così il premio sarà mio e riavrò quel che mi fu tolto.

Arunto

(un po' titubante)

Ma io ho promesso il regno alla mia fidanzata... È lei che deve decidere.

Clea

(solennemente)

A me basta il Regno dell'Amore! Ritorni Fleno al suo trono!

Fleno

(con pari solennità, stringendole la mano)

Signorina,... voi siete un galantuomo!

Arunto

Va, dunque, buon Fleno: mettiti alla testa di queste felici coppie di sposi. Chiudi un occhio per la strada... e va a rifarti re!

Giovanotti e Fanciulle

Sia gloria a Fleno, il futuro re di Zano!

Arunto

Con lo stesso entusiasmo avete acclamato me un minuto fa!

Fleno

La politica, mio caro, è opportunista come il cuore della donna! Ed ora... voglio lasciare a queste contrade un ricordo del falso vecchio romito, la cui falsità è stata utile a tanta gente giovane e forte. Ecco un robusto tronco d'albero eterno *(mostrando ad Arunto un tronco d'albero, che ha alla cima quasi l'impronta d'una faccia umana)* il quale continuerà a rappresentare l'esperienza della Vecchiezza e la forza della Gioventù. *(Truccando il tronco da romito, col mantello, con la barba e col bastone)* Chi sa che anch'esso, con questi panni e questa barba, non debba rendere qualche servigio all'umanità! *(Il tronco ha preso l'aspetto del vecchio romito)* Così.... Così! *(Salutando il fantoccio)* Addio, addio, romito!

Tutti

Addio, romito! Addio!

(Grande animazione, saluti, strette di mano, manifestazioni di tenerezza e di allegria.)

Clea

Addio, compagne d'esilio!

Le Fanciulle

Addio, Clea!

Arunto

Addio, Fleno! Addio, fanciulle!

Arunto e Clea

Noi andiamo a far l'amore!

Le Fanciulle

Noi andiamo a far le mogli!

Arunto e Clea

Non è lo stesso!

Fleno

Io vado a non far niente!

(Si avvia su per un erto sentiero, e, capitanando le coppie degli sposi, le esorta, con gesto di trionfatore, a seguirlo).

Tutti

Viva il Re! Viva l'Amore! Viva il Matrimonio!

(L'animazione cresce. — Arunto e Clea, affascinati, abbracciati, s'incamminano su per un sentiero opposto. — I vapori dell'atmosfera si vanno diradando... come la pazienza del pubblico.)

Arunto

(a Clea)

Vieni, vieni, mia Regina,

dove un suddito sarò.

È quell'isola divina,

che Citera si chiamò.

Clea

(ad Arunto)

 Purchè sia molto vicina,

purchè sia piena di te,

non voglio esserne Regina:

tu devi essere il mio re.

Fleno

(alle coppie)

Il sentiero è lungo e annoia

chi pedestre a Zano va;

ma... c'è qualche scorciatoia...

che opportuna vi parrà.

Tutti

(agitando i fazzoletti, s'allontanano, e, scambiandosi saluti romorosamente, anche salutano e risalutano il tronco d'albero, che forse vorrebbe rispondere, ma non può. — Una bianchissima luce inonda la scena. — Cala la tela lentamente.)